PENGUIN WORKSHOP
Un sello editorial de Penguin Random House LLC
1745 Broadway, New York, New York 10019

Publicado por primera vez en los Estados Unidos de América por Penguin Workshop,
un sello editorial de Penguin Random House LLC, 2024

Derechos © 2024 de Quietly Firely LLC

Derechos de la traducción en español © 2024 de Penguin Random House LLC

Traducción al español de Ariela Rudy Zaltzman

Penguin respalda los derechos de autor. Los derechos de autor alimentan la creatividad, fomentan las voces diversas, promueven la libertad de expresión y crean una cultura vibrante. Gracias por comprar una edición autorizada de este libro y por cumplir con las leyes de derechos de autor al no reproducir, escanear ni distribuir ninguna parte de él en ninguna forma sin permiso. Está apoyando a los escritores y permitiendo que Penguin continúe publicando libros paratodos los lectores.

PENGUIN es una marca registrada y PENGUIN WORKSHOP es una marca comercial de Penguin Books Ltd,
y el colofón W es una marca registrada de Penguin Random House LLC.

Visítanos en línea: penguinrandomhouse.com.

Los datos de Catalogación en Publicación de la Biblioteca del Congreso están disponibles.

Manufacturado en China

ISBN 9780593888452   10 9 8 7 6 5 4 3 2 1 HH

Diseño de Taylor Abatiell

Este libro es una obra de ficción. Cualquier referencia de eventos históricos, personas o lugares ha sido usada de manera ficcional. Otros nombres, personajes, lugares y eventos son producto de la imaginación del autor, y cualquier semblanza a eventos reales, lugares o personas, vivas o muertas, es enteramente fortuita.

El editor no tiene ningún control y no asume ninguna responsabilidad por el autor o los sitios web de terceros o su contenido.

En honor a **mi abuelo**, por plantar semillas, trabajar duro, amar en grande y alentar lo mejor en todos nosotros. Y para todos aquellos que viven entre países, identidades y culturas.

Los veranos empiezan con largos viajes en carretera para visitar a mi familia.

Todos viven en California. Todos menos *yo*.

Yo vivo cerca de pajares y corn. Ellos viven cerca de palmeras y oranges.

Cuando visito, Abuelo me lleva a todos los lugares que él *cree* que quiero ver.

Pero nunca me lleva al lugar al que **en verdad quiero** ir...

Desde que Abuelo llegó a este country, los naranjales han sido parte de nuestra familia.

Bispapá Pepe fue el primero en cuidar la tierra y fue quien le enseñó a Abuelo.

A lo largo de los años, todos han tenido su turno ayudándole a Abuelo en los naranjales.

Y *todos* tienen una story.

Los cuentos fantásticos se comparten durante la cena y conectan a toda mi familia.

Mamá dice: «¡Hay magia!».
Mis tías y tíos dicen: «¡Hay travesuras!».
Mis primas y primos dicen: «¡Hay monstruos!».

Abuelo dice: «Los polvorientos naranjales no son lugar para nuestra invitada».

Pero yo no quiero ser una *guest*. Una invitada es *una turista, una extraña*. Yo soy ¡familia!

Mientras todos empacan para la playa, yo me escondo en la pickup de Abuelo. Somos tantos primos que nadie se da cuenta que falto yo.

Cuando la pickup se detiene, me escabullo para ver las filas interminables de árboles dorados. Es un reino mágico de cítricos.

Abuelo me cacha.
—¡Tú deberías de estar en la playa! ¿Qué haces aquí, traviesita?

—A mí nunca me has llevado a los naranjales, Abuelo.
—Mija, no son nada especial. Yo trabajo aquí para que nuestra familia pueda tener una life más allá de estos naranjales.
—**Todos** han estado aquí menos yo. **Seguro** hay algo especial.
—Ay, corazón. —Abuelo se tranquiliza—. Bueno, por suerte Abuelita empacó tacos extras hoy. ¡Vamos!

Me pongo un sombrero que según Abuelo le pertenecía a Bispapá Pepe.

Mientras regamos, yo tarareo.

Abuelo recuerda que a Bispapá Pepe le encantaba cantarle a las naranjas.

Llena de inspiración, me subo a mi escenario.

Familia, qué linda

Hago una reverencia frente a miles de admiradores.
—¡Epa! ¡Otra, otra! Hace años que no había una singer en los naranjales.

Después, vamos a buscar tuzas.

Abuelo dice que son lo peor porque destruyen sus jurcos.

Me pasa un palo y dice:

—¡Prepárate para defender los naranjales! ¡Míralos ¡Sinvergüenzas!

Encuentro un pedazo de cuerda.

—I got this, Abuelo!

En un solo movimiento, atrapo a los bandidos.

—¡Bravo! Te pareces a tu abuelo. Yo era todo un vaquero en el rancho en México.
—¿En serio? ¿De veras? —Mi sonrisa ilumina mi cara.
Quiero que me cuente más, pero un GRUÑIIIDO nos interrumpe.

Por suerte, solo es mi panza.
Abuelo saca un taco y, lleno de orgullo, amarra su pañuelito alrededor de mi cuello.
—Mi cowgirl —me dice.
Entre mordidas, me cuenta historias épicas, y nuestra risa se escucha a lo largo del cañón.

Hambrienta por más historias, le pregunto:
—¿Cómo fue cuando *tú* llegaste a California?
Abuelo piensa en silencio. Mantiene sus manos ocupadas cortando y limpiando nopales.

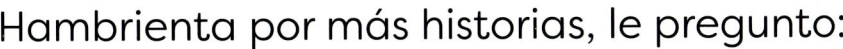

—Pues fue difícil. Todo era diferente. Nadie me entendía. Adondequiera que iba, me trataban como una visita inoportuna. Pero en los naranjales encontré un nuevo tipo de hogar.

Abuelo muerde un chile y me pasa uno a mí.
El picante quema mis ojos, así que lo meto en mi bolsa.
—Es hora de checar si las hojas tienen plagas, mijita. Ándale.

A la orilla del naranjal, algo zumba en mi oído.
Lo intento asustar con mi mano, pero el zumbido sólo se hace más fuerte.
—Abuelo, ¡escóndete!
La pickup está demasiado lejos para que nos sirva de refugio. Con las manos vacías y sin estar segura de qué hacer, me acuerdo del chile.

Sin pensarlo, me lo como y me arrepiento inmediatamente.

—¡Híjole! ¡Nadie de nuestra familia había gritado **así** antes!

—Bueno, Abuelo, yo nunca había probado tus chiles y no creo volver a hacerlo en mucho tiempo —le digo entre soplidos.

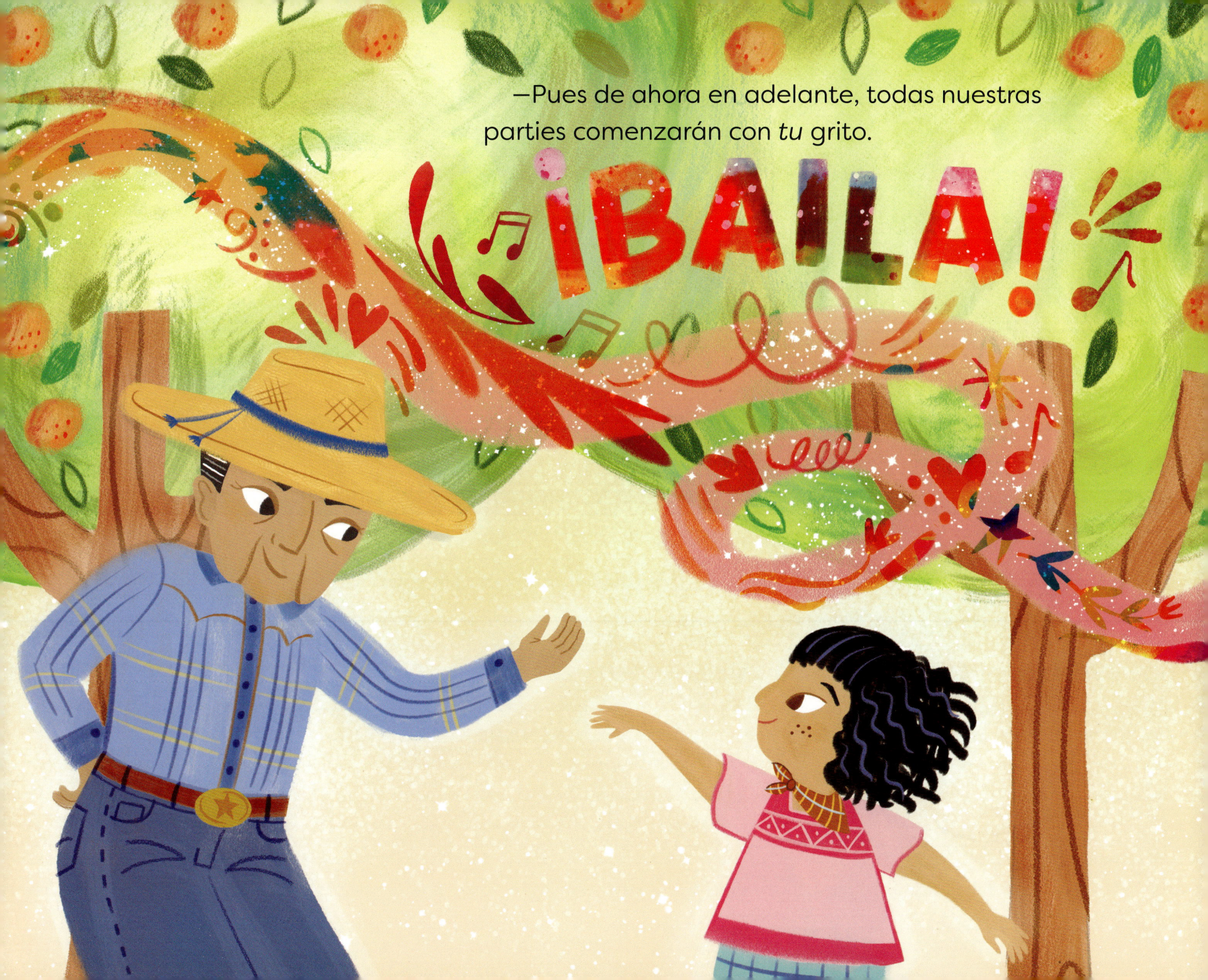

—Pues de ahora en adelante, todas nuestras parties comenzarán con *tu* grito.

¡BAILA!

—Te dije que los naranjales son especiales, Abuelo —susurro.

Sus ojos brillan mientras pela una naranja para mí.

Recogemos todo y respiramos el mismo aire que han respirado todas las personas que han pasado por los naranjales.

Todos, y yo también.

Luego, cuando retumbamos camino a casa,
practicamos nuestros gritos y olemos a cítricos,
tierra y trabajo duro.

Y, durante la cena, tomo mi lugar en nuestra historia.

Durante más de ochenta años, los naranjales fueron parte de la historia de mi familia. Mis bisabuelos vinieron a Orange County, California, desde México en los años veinte. Fueron los primeros de muchos en mi familia en trabajar como empacadores, cosechadores y trabajadores de rancho. Incluso cuando la producción de naranjas declinó en los años cuarenta, mi abuelo siguió trabajando en los naranjales durante mi infancia.

Al igual que Clara, yo no crecí en California. Pero mi mamá se aseguró de que visitáramos frecuentemente, y así crecí siendo muy cercana a mis abuelos. Durante nuestras visitas, les encantaba llevarnos a los lugares «especiales» más turísticos. Pero el lugar más especial para mí era su casa. Me encantaba correr a la pickup de Abuelo tras un largo día, ofrecerle una tortilla caliente, oler los cítricos y la tierra en el cuello de su camisa y buscar tesoros en la cama de su camioneta. Atesoro las memorias de estar sentada en el patio durante el atardecer, escuchando los cuentos fantásticos de mi abuelo. Las cortadas y ampollas en sus manos contaban una historia, pero el destello de sus ojos contaba otra.

La explotación de obreros y trabajadores de tierra sigue siendo un problema en la industria agrícola. Y la nostalgia puede nublar la historia de la citricultura en California. Para muchos, los naranjales representaban un paraíso, pero detrás de la cortina idílica habían familias inmigrantes trabajadoras, como la mía, que deseaban crear más oportunidades para futuras generaciones.

Aunque los naranjales han casi desaparecido, algunos de los árboles plantados por mi bisabuelo y mi abuelo todavía existen en el parque regional Santiago Oaks en Orange County y en los jardines de las casas que lo rodean. Las semillas que plantaron viven dentro de nosotros también. Mientras que California construía casas, parques de diversiones y Hollywood, nosotros creamos nuestro propio legado. Estoy eternamente agradecida por el sacrificio, la humildad y el trabajo duro de mis antepasados.

Mantén vivas tus historias familiares.

Glossary

Corn—Elote
Oranges—Naranjas
Country—País
Story—Historia
Guest—Invitada
Life—Vida
Singer—Cantante
I got this, Abuelo!—¡Yo me encargo, Abuelo!
Cowgirl—Vaquera
Parties—Fiestas